봄풀이
만리에 푸르다

이창훈 유고 한시집

봄풀이 만리에 푸르다

春草青萬里

나무한그루

서 문

이창훈 선생은 본래 대학에서 물리학을 전공했지만 기실 더욱 맘에 둔 분야는 철학이었다. 14년간의 교편생활을 정리하고 정통 한학의 대가이신 광주의 송담 이백순 선생 문하에서 한학에 정진하게 된다.

절치부심, 10년의 긴 면학과정을 마친 후에 드디어 조선대학교 한문학과 외래교수로 임용된다.

여기 수록된 5언 절구의 한시들은 이창훈 선생이 그동안 학문하면서, 강의하면서, 또한 산막에서 깊이 사색하는 가운데 "과연 이치의 궁극은 무엇일까?"에 대한 답을 얻고자 끊임없이 채굴하고 연마해서 얻어낸 보석 같은 열매들이다.

아무쪼록 이 한시들로 인하여 독자들의 영혼 저 한 켠에 조그마한 호롱불 하나 밝아오면 더한 기쁨이 없겠다.

영원한 벗 김웅빈

차례

제一장 하나됨은 최상의 지혜다

제二장 때로 바람이 되고

제三장 성인에 비록 미칠 수 없으나

제四장 흐르는 물은 절로 내려가고

제一장

하나됨은 최상의 지혜다

不二

生死非兩道
有無亦相生
本是二而一
一而萬從生

둘이 아님

삶과 죽음은 두 갈래 길이 아니요
있고 없음도 서로 생한다.
본래 이것은 둘이면서 하나인데
하나에서 만이 좇아 나온다.

皆我

賢乎我卽汝
醜乎汝亦我
汝病我亦病
唾汝是唾我

모두가 나

현한이여 나는 곧 너이고
추한이여 너 또한 나이다。
네가 병들면 나 또한 병들고
네게 침 뱉으면 나에게 침 뱉는 것이다。

與舞

嗚呼吾愛人
與我相舞兮
嗚呼吾慕人
與我相歌兮

함께 춤을

오호라 나의 사랑하는 사람이여
나와 함께 춤을 추자꾸나。
오호라 나의 사모하는 사람이여
나와 함께 노래하자꾸나。

能一

歌兮汝我一
舞兮乾坤一
惟一嘉且樂
君子乃能一

능히 하나 됨

노래하면 너와 내가 하나 되고
춤을 추면 하늘과 땅이 하나 된다。
오직 하나 되어야 아름답고 즐겁나니
군자라야 능히 하나 될 수 있다。

君子

大哉君子也
人無不仰仁
物無不順義
其德合天眞

군자

크도다 군자여
사람이 그 인을 우러르지 않는 자 없으며
사물이 그 의를 따르지 않는 것 없나니
그 덕이 하늘의 진에 합했도다。

眞實

眞則實而已
汝生其實乎
非眞虛而已
不其幻沫乎

진실

참되면 실할 뿐이니
너의 생은 실한가?
참되지 않으면 허할 뿐이니
환상의 거품은 아닌가?

草花

ㄱㄱ小草花
其香聞于天
威勢震千里
天聽至微焉

풀꽃

바람에 살랑이는 작은 풀꽃이여
그 향기 하늘에 닿도다。
위세 천리를 떨게 함이여
하늘이 듣기엔 지극히 미약하도다。

貧者

哀哉貧者泣
天將拭其潸
負戴勞者苦
天將豊其産

가난한 자

슬프다 가난한 자의 욺이여
하늘이 장차 그 흐르는 눈물을 닦아 주리라。
이고 진 노동자의 고통이여
하늘이 장차 그 생산을 풍성케 하리라。

天理

蒼蒼其空闊
天豈天已乎
無臭無味底
理豈理已乎

천리

푸르고 푸른 그 공활함이여
하늘이 어찌 하늘일 뿐이겠는가?
냄새도 없고 맛도 없음이여
리가 어찌 리일 뿐이겠는가?

執一

形形又色色
一貫其中矣
執一而無改
是故自如矣

일을 잡음

형형색색이로되
일이 그 가운데를 꿰었도다。
그 일을 잡고 고침이 없으니
이런 연고로 자여하도다。

自由

上下左右之
類皆由我焉
順一則能吉
二三亦凶焉

자유

오르고 나리고 좌로 우로함이
모두 나로 말미암건만
일을 따르면 능히 길하고
두 갈래 세 갈래 지면 역시 흉하다。

自如

天地吾一粒
豈可自如矣
苟非眞性者
豈可自在矣

자여함

천지간에 내 한 낟알이면
어찌 가히 자여하리오。
진실로 천성대로 하는 자 아니면
어찌 가히 자재하리오。

淸風

淸風行山上
白鳥流湖水
日星照天下
春草靑萬里

청풍

청풍이 산 위에 부니
백조가 호수에 흐른다。
해와 별이 천하를 비추니
봄풀이 만리에 푸르다。

春風

冬至臘月中
抱一春風生
三伏炎天下
分二秋霜生

봄바람

동지섣달 가운데서도
일을 안으면 봄바람이 생하고
삼복염천 아래서도
둘로 나뉘면 가을 서릿발이 생한다。

一加一

若一加一去
如何能爲一
是之謂天道
知道能合一

하나 더하기 하나

만약 하나에 하나를 더해 가면
어찌 될까? 능히 하나 된다。
이것을 일러 천도라 하나니
도를 알면 능히 합하여 하나 된다。

今人

今人逐便利
欲利則爲二
爲二萬病原
爲一最上智

지금 사람

지금 사람들은 편리를 좇나니
리코자 하면 둘이 된다。
둘 됨은 만병의 근원이고
하나 됨은 최상의 지혜다。

證之

一一合則一
我請試證之
五指爲一手
一身合四肢

증명함

하나에 하나를 합하여 하나 됨을
내 청컨대 한번 증명해 보리라。
다섯 손가락은 한 손이 되고
한 몸은 사지의 합이다。

小覺

罹癌醒寤多
生死在眼前
生欲不尤人
死願不怨天

작은 깨달음

암에 걸리니 깨우침이 많구나。
생사가 눈앞에 있나니
살아선 남을 탓하지 않고
죽어도 하늘을 원망치 않으리。

不尤人

不罵不讀兒
不責不善味
己百兒或一
嚼百生滋味

남을 탓하지 않음

글 읽지 않는 아이를 꾸짖지 않고
맛없는 음식을 타박치 않으리。
내가 백 번 하면 아이가 혹 한 번이라도 하고
백 번 씹으면 단맛이 나게 되리라。

不怨天

開眼溪邊石
空碧連山青
天地忽新闢
歌舞滿空庭

하늘을 원망치 않음

계곡 바위에서 눈을 뜨니
푸른 하늘이 푸른 산에 연했구나。
하늘과 땅이 홀연히 새로 열리니
노래와 춤이 빈 뜰에 가득하구나。

제二장

때로 바람이 되고

孰我

小一則小我
大一則大我
終一則如何
曰神乃神我

누가 나인가?

작은 일은 소아고
큰 일은 대아니
최종의 일은 무엇인고?
가론 신이니 곧 신아다。

時爲風

我則時爲風
時雨時草花
時飛時走曠
蒼海撫白沙

때로 바람이 되고

나는 때로 바람이 되고
때로 비가 되고 때로 풀꽃이 되며
때로 날아오르고 때로 들판을 내닫고
푸른 바다가 되어 흰 모래밭에 일렁인다。

眞我

平生以爲我
是則眞我耶
一生使究之
是則眞我耶

진짜 나

평소에 나라고 여기는
이것이 진짜 나인가?
일생동안 궁구케 하는
이것이 진짜 나인가?

彼誰

彼誰時使泣
使飲使發狂
彼誰時使飛
使至于彼蒼

저는 누구인고?

저는 누구인고? 때로 울게 하고
술 마시고 발광케 하는 이는。
저는 누구인고? 때로 비상하여
저 푸른 하늘에 닿게 하는 이는。

舞我

我使我脫我
我使我長我
我使我歌我
我使我舞我

나를 춤춤

나는 나로 하여금 나를 벗어나게 하고
나는 나로 하여금 나를 기르게 하고
나는 나로 하여금 나를 노래하게 하고
나는 나로 하여금 나를 춤추게 하도다。

樂之

於戱生之慶
我貧貧樂之
我病病樂之
我死死樂之

즐김

아아 삶의 축복이여
내 가난하면 가난을 즐기고
내 병들면 병을 즐기고
내 죽으면 죽음을 즐기리。

遺亨

我勞雖無成
我喜其遺成
我否雖無亨
我喜其遺亨

형통을 남김

내 노고하고 비록 성공치 못하나
내 그 성공 남겨줌을 기뻐하고
내 막혀 비록 형통치 못하나
내 그 형통 남겨줌을 기뻐하리。

頭腦

蒼海一粟子
彼天愛重之
況吾此頭腦
分陰可忘之

두뇌

창해에 한 톨 만한 것도
저 하늘이 애지중지하거늘
하물며 우리는 이의 두뇌니
잠깐인들 가히 잊을 수 있겠는가?

天生

天生乃我生
天仁乃我仁
天死豈可生
天殘豈有仁

하늘이 살아 있음

하늘이 살아 있으니 내가 살고
하늘이 인하니 내가 인하다。
하늘이 죽어 있다면 어찌 가히 살며
하늘이 잔인하다면 어찌 인함이 있으리오。

天也

天也渾是仁
萬物能體之
天也渾是義
萬物能宜之

하늘은

하늘은 온통 인이라
만물을 능히 몸 삼고
하늘은 온통 의라
만물을 능히 마땅케 하도다。

如日

吾等天之子
豈可不孝哉
如日明命之
豈可不仁哉

해처럼

우리는 하늘의 자식이니
어찌 가히 효치 않을 수 있겠는가?
해처럼 밝게 명하시거늘
어찌 가히 인치 않을 수 있겠는가?

孝道

美哉孝子也
千載美不盡
善哉孝道也
萬歲善不盡

효도

아름답다 효자여
천년을 그 아름다움 다하지 않으리라。
선타 효도여
만년을 그 선 다하지 않으리라。

使復生

嘻不追改者
唯其不孝哉
使復生斯世
必爲孝子哉

다시 태어난다면

아 다시 고쳐 못할 것은
오직 그 불효인져。
다시 이 세상에 태어난다면
반드시 효자 되린져。

大孝

惟孝盡善美
然有小大孝
於親能盡孝
於天乃盡孝

대효

오직 효는 진선 진미다。
그러나 소효 대효가 있나니
부모에게 능히 그 효를 다해야
하늘에도 그 효를 다할 수 있다。

十圓錢

道似十圓錢
至賤不足貴
非道不可生
順道乃可貴

십 원짜리 동전

도는 십 원짜리 동전 같아
지천인지라 족히 귀하지 않으나
도 아니면 가히 살 수 없고
도를 따르를 지라야 가히 귀해질 수 있다。

悟道

平常眞是道
悟道則舞之
修道則道之
養德則樂之

도를 깨달음

평상함이 진실로 도니
도를 깨달음은 이를 춤춤이요
도를 닦음은 이를 길함이요
덕을 기름은 이를 즐김이다。

從道

從道安徐行
是不亦樂乎
中心順不逆
是不亦悅乎

길을 따라

길을 따라 편안하게 천천히 가니
이 또한 즐겁지 아니한가?
중심에 순하여 거스르지 않으니
이 또한 기쁘지 아니한가?

東風

東風習習兮
甘雨始下矣
青草生發兮
我亦將生矣

동풍

동풍이 솔솔 불어옴이여
단비 비로소 내리도다。
푸른 풀잎 생기 발함이여
나 또한 살리로다。

제三장

성인에 비록 미칠 수 없으나

祈禱

天乎猥祈願
恒守且道我
而成所以生
爾業乃用我

기도

하늘이시여 외람되이 기원합니다。
항상 저를 지키고 이끌어 주시어
태어난 목적을 이루게 하사
당신의 일에 저를 써 주소서。

又

天乎祈妻子
守彼又引彼
而成所以存
如意乃用彼

또

하늘이시여 처자를 기원합니다。
저들을 지키고 또 인도하시어
존재한 목적을 이루게 하사
당신의 뜻대로 저들을 써 주소서。

存在

寒梅之馨香
雪蘭之清新
彼在吾山盧
我心都是春

존재

추위에 핀 매화의 향기로움과
눈 속 난초의 청신함이여
저들이 나의 산중 오두막에 있으니
내 마음은 언제나 봄이로다。

又

貧而無怨怒
富而有淸眞
彼皆吾隣里
我生豈有辛

또

가난해도 원망과 노여움이 없으며
부유해도 깨끗함과 진실함이 있음이여
저들이 모두 나의 이웃이라면
우리의 삶에 어찌 괴로움이 있으리오。

又

仰觀星辰運
俯瞰四時遷
亦察順逆情
不見所以然

또

우러러 성신의 운행을 관찰하고
굽어 사시의 변화를 보며
또한 순하고 거슬리는 정을 살피나
그러도록 하는 자는 보지 못하도다。

死亡

粲然新春光
借問視之否
去秋葉不落
韶光何以有

사망

찬연한 신춘의 빛을
한번 묻노니 보았는가?
지난 가을 잎이 떨어지지 않았다면
맑고 밝은 봄빛이 어찌 있겠는가?

又

孩笑天眞兒
試問擁之否
不死久不易
復初何以有

또

방긋 웃는 천진한 아이를
시험 삼아 묻노니 안아보았는가?
죽지 않고 오래도록 바뀌지 않는다면
처음을 회복함이 어찌 있겠는가?

又

無有一不去
我獨可不去
率性未去前
合一去不去

또

한 사람도 가지 않는 자 있지 않나니
나만 홀로 가지 않을 수 있겠는가?
가기 전에 천성을 따라
하나로 합하면 가도 가지 않으리라。

被用

勝之欲使用
愛之願被用
不仁用不用
有仁莫不用

쓰임

이기려 하면 상대를 부리고자만 하고
사랑하면 상대에게 쓰이고자 하나니
인치 못하면 써도 쓰지 못하고
인하면 쓰지 못함이 없도다。

又

彼天無不愛
無不願被用
況汝獨自愛
敢何欲使用

또

저 하늘도 사랑하지 않음이 없어
쓰이고자 하지 않음이 없는데
하물며 너는 홀로 자신만을 사랑하여
감히 어찌 부리고자만 할 수 있겠는가?

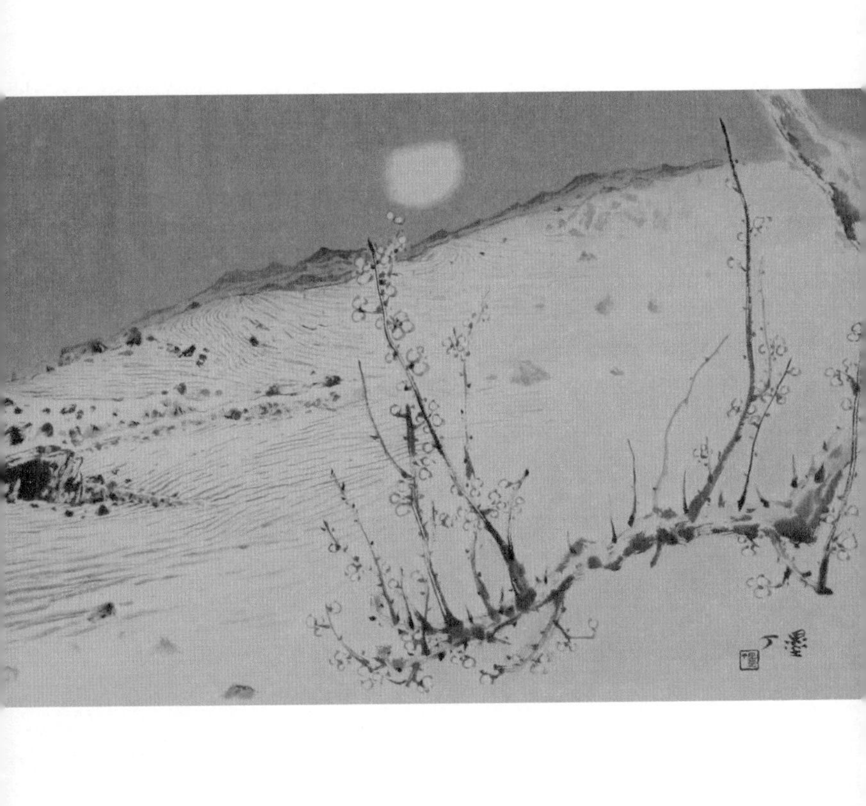

使用

若乘千里馬
一日千里行
雖然無養馬
此利獨可生

사용

만약 천리마를 타면
하루에 천리를 갈 수 있다。
비록 그러하나 말을 기름이 없다면
이 이로움을 홀로 가히 생할 수 있겠는가?

又

若用聖人政
天下其可平
雖然無仁心
此便獨可生

또

만약 성인의 정사를 쓰면
천하도 가히 평할 수 있다。
비록 그러하나 인한 마음이 없다면
이 편리함을 홀로 가히 생할 수 있겠는가?

聖人

聖雖不可望
豈有不可祈
聖雖不可及
豈有不可希

성인

성인을 비록 바랄 수 없으나
어찌 기원할 수 없으며
성인에 비록 미칠 수 없으나
어찌 희망할 수 없으리오。

又

江漢以濯之
秋陽以暴之
時時又年年
不知可望之

또

장강과 한강의 물로 빨아서
가을 햇살로 말리길
시시년년으로 하면
알지 못하겠도다 가히 바랄 수 있을까?

又

惟聖則性者
浩浩其天乎
雖然性則同
奚不可望乎

또

오직 성인은 성대로 하시는 자라
호호히 그 하늘인져。
비록 그러하나 성은 다 같으니
어찌 가히 바라지 못하겠는가?

又

嗚呼聖雖聖
其身則我身
其心則我心
豈有不可均

또

오호라 성인이 비록 성인이나
그 몸은 나의 몸이고
그 마음은 나의 마음이니
어찌 같게 할 수 없으리오。

凡夫

一念失則凡
昨聖不足言
一念改則聖
昨凡不必言

범부

한 생각을 잃으면 범부니
어제의 성인은 족히 말할 것이 못되고
한 생각을 고치면 성인이니
어제의 범부는 말할 필요가 없다。

又

念念在食色
是則凡夫矣
念念在誠壹
是則聖人矣

또

생각 생각이 식과 색에 있으면
이는 범부요。
생각 생각이 참되고 순일함에 있으면
이는 성인이다。

又

欲食非非是
犯禮非是矣
好色非非聖
失禮非聖矣

또

먹고자 함이 옳지 않는 것이 아니라
예를 범함이 옳지 않고
색을 좋아함이 성인 아닌 것이 아니라
예를 잃음이 성인 아니다。

又

風雨霜雪中
花開花落矣
去去來來中
有聖有凡矣

또

바람 불고 비 오고 서리 오고 눈 오는 가운데
꽃이 피고 꽃이 지도다。
가고 가고 오고 오는 가운데
성인이 있고 범인이 있도다。

제四장 흐르는 물은 절로 내려가고

易

千變而萬化
一瞬不息矣
是故千萬古
一理不變矣

바뀜

천변만화하여
한 순간도 쉬지 않는지라
이런 연고로 천만고에
한 이치 변치 않도다。

又

去去而又去
是故來來矣
生而死而生
是故生生矣

또

가고 가고 또 가는지라
이런 연고로 오고 오며
나고 죽고 나는지라
이런 연고로 살고 살도다。

又

流行變化中
執一非知道
變而有不變
不執非知道

또

흘러 행하여 변화하는 가운데
하나를 잡으면 도를 앎이 아니요。
변해도 변하지 않는 것이 있거늘
잡지 않으면 도를 앎이 아니다。

又

從易言不易
是則周易矣
變而無不變
如何可占矣

또

변역을 좇아 변역치 않는 것을 말하니
이것이 주역이다。
변하기만 하고 변하지 않는 것이 없다면
어떻게 점칠 수 있겠는가?

不易

意必固執我
眞是小人矣
順道能流行
眞是大人矣

바꿔지 않음

의도하고 기필하여 굳게 나에 집착하면
진실로 소인이요。
도를 따라 능히 흘러 행하면
진실로 대인이다。

又

從風東而西
亦是小人矣
固守盡白骨
亦是大人矣

또

바람을 좇아 동으로 서로 흔들림이
역시 소인이요。
백골이 다하도록 굳게 지킴이
역시 대인이다。

又

江流今昔異
印月萬古同
人類善惡異
有仁萬人同

또

강물의 흐름이 오늘과 어제가 다르나
강물에 비친 달은 만고에 같고
사람의 류가 선과 악이 다르나
인을 가짐은 만인이 같다。

又

天下繽紛紛
天有日月明
人間昏鶩鶩
人有仁義明

또

천하가 뒤숴여 어지럽고 어지러우나
하늘에 해와 달의 밝음이 있고
인간이 어둡게 달리고 달리나
사람에게 인과 의의 밝음이 있다。

人間

微微妙妙哉
其名人間也
至死呼呼哉
其名人間也

인간

미미 묘묘하다
그 이름 인간이여。
죽도록 부르고 부르리라
그 이름 인간이여。

又

雜哉無數我
一場春夢矣
至哉唯一我
此地天國矣

또

잡되다 무수한 나들이여
한바탕 봄꿈이로다。
지극타 유일한 나여
여기가 천국이로다。

又

日出於東山
萬國咸明焉
克己能復禮
天下歸仁焉

또

해가 동산에 나오니
만국이 모두 밝도다。
자기를 이기고 능히 예를 회복하니
천하가 인에 돌아오도다。

又

紅日未出前
元在天上焉
於仁未歸前
元在心中焉

또

붉은 해가 나오기 전에
원래 하늘 위에 있었고
인에 돌아오기 전에
원래 마음 가운데 있었다。

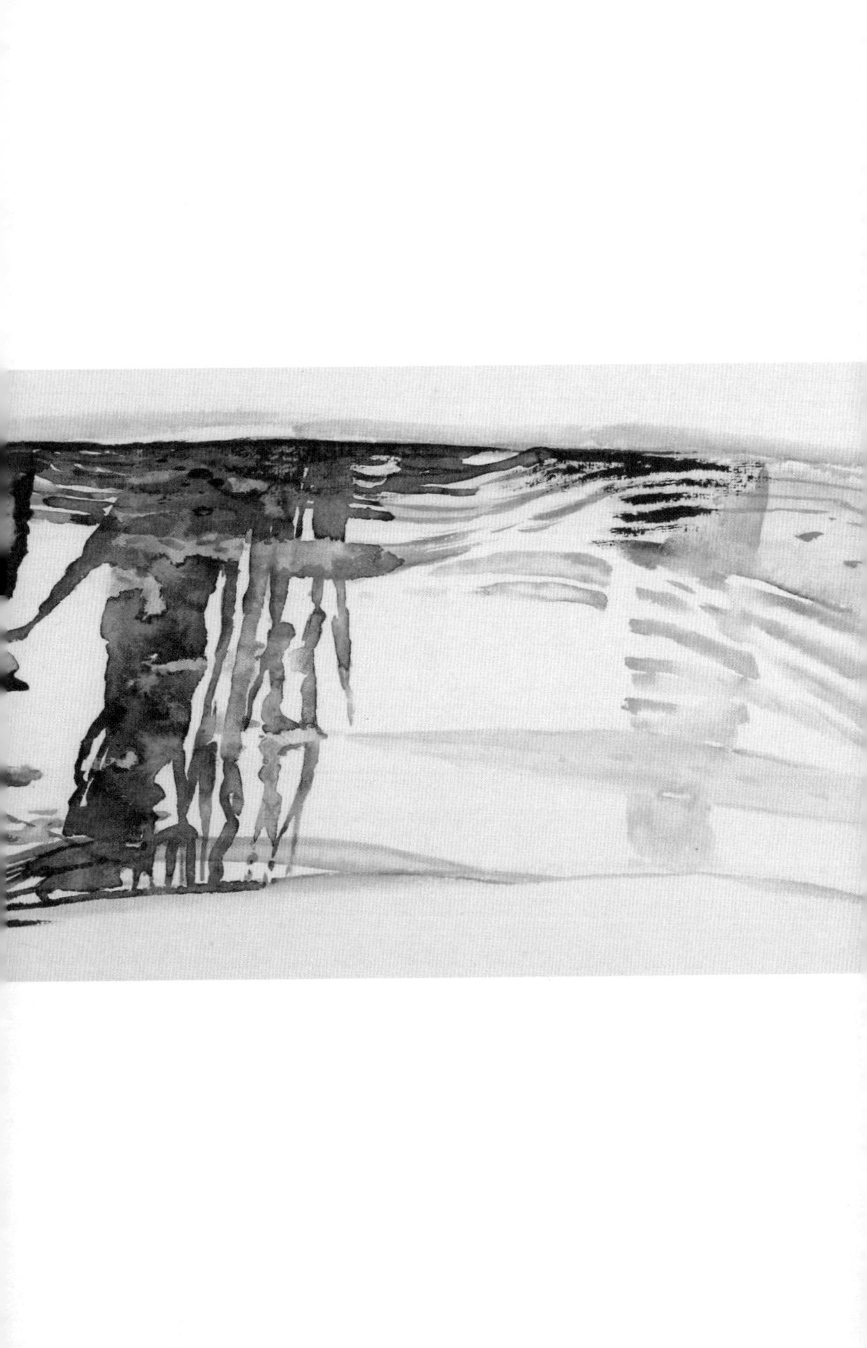

自然

青山自然青
綠水自然綠
公心自然清
花顏自然玉

자연

청산은 절로 푸르고
녹수는 절로 초록이며
공변된 마음은 절로 맑고
꽃다운 얼굴은 절로 옥이로다。

又

流水自然下
人心自然善
壅激而不下
沮抑而不善

또

흐르는 물은 절로 내려가고
사람의 마음은 절로 선하나
막히고 부딪치니 내려가지 못하고
꺾이고 눌리니 선치 못하도다。

又

冬縕而夏葛
渴飮而飢食
從性如流水
是之謂上德

또

겨울엔 솜옷 입고 여름엔 갈포 입고
목마르면 마시고 배고프면 먹어
성을 따라 흐르는 물처럼 하나니
이를 일러 상덕이라 한다。

又

不思自然得
不勉自然中
是之謂聖人
其心天地同

또

생각지 아니해도 저절로 얻고
힘쓰지 아니해도 저절로 맞나니
이를 일러 성인이라 하니
그 마음이 천지와 같도다。

天地

天易而地簡
天長而地久
我亦從簡易
惟誠能長久

천지

하늘의 운행이 쉽고 땅의 이룸이 간단하며
하늘이 길고 땅이 오래나니
나 또한 간이함을 좇아
오직 정성으로 하면 능히 장구하리라。

又

至誠久不變
終與天地合
惟乃成三極
萬物純不雜

또

지성으로 오래도록 변치 아니하여
마침내 천지와 더불어 합하면
오직 이에 삼극을 이루나니
만물이 순일하여 잡치 않도다。

又

天兮吾之父
地兮吾之母
我生天地間
不遜何以有

또

하늘은 나의 아버지요。
땅은 나의 어머니다。
나는 천지 사이에 태어났으니
어찌 불손함이 있겠는가?

又

父母與子合
融融泄泄焉
是故時雨順
萬物咸潤焉

또

부모가 자식과 더불어 합하면
융융 예예한지라
이런 연고로 때를 따라 비가 내려
만물이 모두 윤택하도다。

陰陽

天地萬物中
無物非陰陽
密密復察焉
一點無不當

음양

천지 만물 가운데
음양 아닌 것 없나니
밀밀히 다시 살펴도
한 점 당치 않음이 없도다。

又

一則一而已
如何能造化
惟一生二焉
乃二生萬化

또

일이 일일 뿐이라면
어떻게 능히 조화를 부리겠는가?
오직 일이 둘을 생한지라
이에 둘이 만 변화를 생한다。

又

栩栩蝴蝶衣
借問察之否
斐然正相對
胡爲此圖有

또

후후히 나는 호접의 의상을
한번 묻노니 살펴보았는가?
아름답게 서로 대칭을 이루나니
어찌하여 이런 그림이 있는고?

又

興亡盛衰中
喜悲轉不盡
一陰一陽中
江水流不盡

또

흥망성쇠 하는 가운데
희비가 전변하여 다함이 없도다。
한 번 음하고 한 번 양하는 가운데
강물이 흘러 다함이 없도다。

所望

汝我彼此兮
我兄我弟矣
左右黑白兮
我姊我妹矣

소망

너와 나 그리고 저와 이여
나의 형이며 나의 동생이로다。
좌와 우 그리고 흑과 백이여
나의 누나며 나의 누이로다。

憶白狗

白狗浹旬遊
一朝永逝悠
踵予途不擇
掉尾暫無休
與守雲邊屋
伴佯碧澗頭
青山葬汝了
珠淚適胸留

백구의 추억

흰 강아지와 열흘 동안 놀았는데
하루아침에 영원히 가버려 아득하네
내 발꿈치 따라다니며 이곳저곳 가리지 않고
꼬리 흔들며 잠시도 멈추지 않았네
함께 구름가의 집 지키며
동무되어 푸른 계곡 위 거닐었네
청산에 너를 묻고 나니
눈물방울 가슴 속에 떨어져 머무네

登天王峯

十歲新與作
攀登上上峯
雲烟臨足下
心動覺潛龍

등천왕봉

10년 만에 새로운 흥 일어나
더위 잡고 상상봉에 올랐네
구름 안개 발아래 굽어보니
마음 동하여 잠긴 용을 깨우누나。

평설

5언절구에 담은 철학적 사유

조선대 한문학과 명예교수 권순열

이창훈 님은 시 속에 삶에 대한 담대함과 순수함을 싣고 있다. 인간에 대한, 그리고 삶에 대한 깊은 思索을 노래하였다. 인생의 긴 여정에서 우리가 남기고 갖추어야 할 것이 무엇인지에 대한 물음을 던진다. 그의 시에서 다음 몇 가지의 면모를 읽을 수 있다.

첫째, 오로지 내 안의 나를 다시 돌아보고 진정한 나의 모습을 찾고자 하였다. 따라서 자신에 대한 끝없는 탐구를 실었다. 이를 통해 인생의 眞과 實에 대한 해답에 접근하고자 하였다. 너와 나의 어울림에서 희망을 보았다. 그래서 늘 가까이 있는 사랑하는 사람들에 대한 끝없는 애정과 어울림을 소망하였다.

둘째, 학문에 대한 열정과 기쁨, 그리고 그에 대한 純一한 정신을 드러내고 있다. 학문하는 사람의 자세와 그만이 가질 수 있는 즐김과 열정을 알 수 있다. 현재 있는 그대로의 모습을 받아들이고 순응하며 즐기고자 하는 순일한 경지를 보여준다. 이는 극한의 순간마저도 받아들이는 至高의 정신으로 드러난다.

셋째, 물아일체의 경지에서 자연 그대로의 모습을 통해 진정한 아름다움과 가치를 추구하였다. 세상의 참된 가치와 쓰임의 중요성을 노래하였다. 그 속에서 쉽고 빠른 길을 찾기보다는 진정성을 갖추고 오로지 자신만의 길을 표현하였다. 우리 삶에 대한 끝없는 물음을 던지고 있다. 一場春夢 같은 인간의 삶 속에 우리가 보아야 할 것이 무엇인지, 우리가 갖추어야 할 것이 무엇인지를 담고 있다. 추운 겨울에도 지극한 향기를 내뿜는 난초의 모습처럼 청신한 삶의 자세를 알 수 있다.

1. 一과 二에 대한 끝없는 思索

우리는 끊임없이 누군가와 만나고 헤어진다. 그러면서 너를 보게 되고 네 안에 있을 나를 보게 된다. 긴 인생의 여정에서 누구를 탓하고 누구를 말하겠는가, 오로지 내 안의 나를 다시 돌아보고 眞我 찾기에 몰두하면 그만일 것이다. 이창훈 님은 인생의 허와 실을 말한다. 眞이 實이요, 非眞은 虛임을, 곧 幻의 거품일 뿐임을 토로하고 있다. 인간의 삶이 지니는 양분된 면모는 하나에서 나오고, 둘인 듯하지만 결국에는 하나로 귀결함을 말하고자 하였다.

不二 (12쪽)

生死非兩道　삶과 죽음은 두 갈래 길이 아니요

有無亦相生　있고 없음도 서로 생한다.

本是二而一　본래 이것은 둘이면서 하나인데

一而萬從生　하나에서 만이 좇아 나온다.

끊임없이 자신에 대한 탐구를 시도한다. 어제의 나와 오늘의 나, 그리고 너와 함께 한 나의 모습을 끝없이 들

여다보고 있다. 그 안에서 삶과 죽음을 노래하였다. 一과 一이 만나서 二가 아닌 다시 一이 됨을 그리고자 하였다. 삶의 고뇌와 방황, 나눔과 기쁨, 그리고 죽음 앞에 선 우리네 인생에 대한 회한을 담고 있다. 있고 없음의 상생을 노래하였다. 있는 것과 없는 것의 합일을 꿰뚫고 있다. 영원할 것만 같은 삶의 여정은 언젠가 죽음의 기로와 합치된다. 인생의 수레바퀴가 다시 원점으로 회귀하여 하나가 되는 것처럼.

皆我 (14쪽)

賢乎我卽汝　현한 이여 나는 곧 너이고

醜乎汝亦我　추한 이여 너 또한 나이다.

汝病我亦病　네가 병들면 나 또한 병들고

唾汝是唾我　네게 침 뱉으면 나에게 침 뱉는 것이다.

너와 나의 모습을 돌아보고 있다. 어짊과 추함, 선과 악의 공존을 표출하고 있다. 세상의 모든 면면 속에 깃들어 있는 지극한 양상에 대한 접근이다. 『論語』, 「陽貨」편을 보면, "천성은 서로 비슷하나, 습관에 따라 서로 달라진다(性相近也, 習相遠也)."라고 하였다. 사람이 타고난

본성은 서로 비슷하나, 경험과 습관에 의해 달라질 수 있다는 것이다. 환경과 습관에 의해 변할 수 있는 인간의 모습을 경계하였다. 賢과 醜의 모습 속에 담겨 있는 인간의 실상을 그렸다. 함께 하는 삶 속에 동료애와 동질감을 찾고 있다. 결국에는 너와 나의 어울림에서 희망을 보고자 한 것이다.

與舞 (16쪽)

嗚呼吾愛人　오호라 나의 사랑하는 사람이여
與我相舞兮　나와 함께 춤을 추자꾸나.
嗚呼吾慕人　오호라 나의 사모하는 사람이여
與我相歌兮　나와 함께 노래하자꾸나.

더불어 하는 삶에 대한 희망을 노래하고 있다. 너와 나의 어울림에서 오는 희망의 몸짓과 기쁨의 소리를 듣고자 한 것이다. 또한 「能一」에서 "노래하면 너와 내가 하나가 되고, 춤을 추면 하늘과 땅이 하나가 된다(歌兮汝我一, 舞兮乾坤一)."라고 한 바 있다. 어울림을 통해서 인간이 하나가 될 수 있고, 함께 운행함을 통하여 우주가 하나로 이루어지는 것을 말하였다. 늘 가까이 있는 사랑하는 사람들에 대한 끝없는 애정과 어울림을 소망하고 있다.

2. 오롯한 난초의 향기

세파의 많은 일들 속에서도 크게 흔들리지 않는 정신세계를 담고 있다. 오직 자신의 삶에 담담하면서도 지극한 즐김을 간직하고 있다. 그 주어진 삶 속에 순수함과 담대함을 드러내고 있다. 이창훈 님의 삶에 대한 純一한 정신과 학문에 대한 끝없는 열망은 삶의 원천이고 기쁨이었다. 그래서 추운 겨울에도 지극한 향기를 내뿜는 난초의 모습처럼 청신한 삶의 모습을 보여준다.

樂之 (66쪽)

於戱生之慶　아아 삶의 축복이여
我貧貧樂之　내 가난하면 가난을 즐기고
我病病樂之　내 병들면 병을 즐기고
我死死樂之　내 죽으면 죽음을 즐기리.

즐김을 노래한다. 삶에 대한 축복과 인생의 고통과 죽음 앞에서 더욱 담담하다. 있는 그대로의 모습을 받아들이고 순응하여 오히려 현재의 고통을 즐기고자 하는 순일한 경지를 보여준다. 즉 다른 것과 섞임이 없는 '純一無二'한 자세이다. 『論語』, 「雍也」 편을 보면, "아는 자는 좋아하는 자만 못하고, 좋아하는 자는 즐기는 자만 못하다(知之者 不如好之者 好之者 不如樂之者)."라고 하였다. 극한의 순간마저도 받아들이는 至高의 정신이 드러난다.

從道 (90쪽)

從道安徐行　길을 따라 편안하게 천천히 가니
是不亦樂乎　이 또한 즐겁지 아니한가?
中心順不逆　중심에 순하여 거스르지 않으니
是不亦悅乎　이 또한 기쁘지 아니한가?

至高至純의 즐김 안에 학문의 도, 배움의 기쁨이 자리하였다. 도를 따르고, 그 중심에 순응하며 참된 의미에 접근하고자 하였다. 변함없는 학문에 대한 열망으로 기쁨과 안식을 추구하였다. 『論語』, 「里仁」 편을 보면, "아침에 도를 들으면, 저녁에 죽어도 좋다(朝聞道 夕死可矣)."

라고 하였다. 참된 이치를 깨달으면 죽어도 여한이 없다는 것을 비유한 것으로, 참된 이치, 즉 도의 경지를 추구하고자 한 것이다. 그 안에서 기쁨과 즐김을 체감하고자 하였다. 따라서 "배우고 때로 익히면, 또한 기쁘지 않겠는가(學而時習之, 不易說乎)."의 기본 정신에 충실하였음을 알 수 있다.

存在 (100쪽)

寒梅之馨香　추위에 핀 매화의 향기로움과
雪蘭之淸新　눈 속 난초의 청신함이여
彼在吾山廬　저들이 나의 산중 오두막에 있으니
我心都是春　내 마음은 언제나 봄이로다.

매서운 추위에도 오롯한 청신함과 향기를 내뿜는 난초에서 위안을 받고 있다. 존재에 대한 긍정은 인생의 따뜻한 시선으로 머문다. 고통 속에 아름다움이 피어나던가. 존재에 대한 또 다른 시(102쪽)에서 "저들이 모두 나의 이웃이라면, 우리의 삶에 어찌 괴로움이 있으리오(彼皆吾隣里 我生豈有辛)."라고 한 바 있다. 이 또한 인생의 원망과 노여움에서 벗어나서 진실에 접근하고자 하는 마음일 것이다. 이창훈 님은 이를 곧 '淸眞'이라 하였다. 이 시에서도 모든 세계와 단절된 듯한 오두막의 공간에서 오롯한 난초의 모습을 보았다. 이를 통해 삶에 대한 따뜻한 시선과 청아한 마음의 위로를 받은 듯하다.

3. 호접몽, 그 초월의 경계

인간에 대한, 그리고 삶에 대한 끝없는 물음을 던진다. 우리가 어떻게 살아야 할 것인가. 우리의 삶은 무엇과 맞닿아 있는가를 생각하게 한다. 이창훈 님은 세상의 참된 가치와 쓰임을 노래하였다. 그 속에서 쉽고 빠른 길을 찾기보다는 진정성을 갖추고 오로지 자신만의 길에 매진하였다. 이러한 정신은 시 속에서도 오롯하게 잘 드러나 있다. 한바탕의 봄꿈 같은 인간의 삶 속에 우리가 보아야 할 것이 무엇인지. 우리가 갖추어야 할 것이 무엇인지를 담고 있다. 호접의 문양 같은 절대미를 통해 물아일체에 이르며 선악과 미추를 초월한 자연 그대로의 모습에서 아름다움과 진리에 접근하고자 하였다.

使用 (118쪽)

若乘千里馬 만약 천리마를 타면

一日千里行 하루에 천리를 갈 수 있다.

雖然無養馬 비록 그러하나 말을 기름이 없다면

此利獨可生 이 이로움을 홀로 가히 생할 수 있겠는가?

이창훈 님은 세상의 쓰임을 노래하였다. '부기미(付驥尾)'는 천리마의 꼬리에 붙은 파리를 말한다. 큰 인물의 힘을 빌려 출세하거나 능력을 발휘하는 것을 비유하는 말이다. 큰 인물에게 인정을 받은 뒤에야 비로소 참된 가치가 드러난다는 뜻도 있지만, 이창훈 님은 '養馬'에 대한 필요성을 언급하였다. 한유는 「雜說」에서 "세상에 백락이 있고, 그런 연후에 천리마가 있다(世有伯樂 然後有千里馬)."라고 하였다. 세상이 좋은 말이 없다고 한다. 하지만 진정 말이 없는 것인가, 그것을 알아보는 사람이 없는 것인가에 대한 물음을 던진다.

又 (158쪽)

雜哉無數我 잡되다 무수한 나들이여

一場春夢矣 한바탕 봄꿈이로다.

至哉唯一我　지극타 유일한 나여

此地天國矣　여기가 천국이로다.

「人間」이란 작품에서 '微微妙妙哉'라 하였다. 다 알 수 없는 인간의 오묘한 세계를 그리고자 한 것이다. '至死呼呼哉'라 하여 죽도록 그 이름을 부르고자 하였다. 이 작품에서 또한 인간의 삶을 돌아보고, 그 소중함과 유일함을 드러내고 있다. 우리가 지금 살고 있는 이곳이 바로 '천국'임을 노래하였다. 168쪽 작품 「又」에서 자연을 말한 바 있다. "흐르는 물은 절로 내려가고, 사람의 마음은 절로 선하네(流水自然下 人心自然善)." 이러한 자연은 곧 인간 세상과 연결되면서 자연과 어우러진 인간의 모습을 간파하였다. 한바탕 봄꿈 같은 인간 세상의 南柯一夢 같은 날들이지만, 그래도 지극한 천상의 모습을 인간세상에서 찾고자 한 것이다.

又 (186쪽)

栩栩胡蝶衣　후후히 나는 호접의 의상을

借問察之否　한번 묻노니 살펴보았는가?

斐然正相對　아름답게 서로 대칭을 이루나니

胡爲此圖有　어찌하여 이런 그림이 있는고?

이 작품은 '陰陽'을 노래한 것이다. 앞서 음양을 말하면서(182쪽), '一點無不當'이라 하였다. 천지 만물 가운데 음양이 아닌 것이 없으며, 한 점 당치 않음이 없다고 하였다. 여기서는 호접을 통해 대칭을 이루는 음양의 미를 담고자 하였다. 『莊子』, 「齊物論」을 보면, "옛날에 장자가 꿈에 나비가 되었다. 훨훨 날아다니는 나비로 스스로 즐겁고 기뻐서 자기가 장자인 것을 알지 못했다. …… 장자가 꿈에 나비가 된 것인가, 나비가 꿈에 장자가 된 것인가를 알 수 없었다(昔者莊周夢爲胡蝶 栩栩然胡蝶也 自喩適志與 不知周也 …… 不知周之夢爲胡蝶與 胡蝶之夢爲周與)."라고 하였다. 즉 물아의 구별이 없는 물아일체의 절대 경지를 말한 것이다. 이러한 物化는 장자의 관념으로 物과 混和하는 일종의 초월적인 경계의 하나이다. 이런 측면에서 生死도 물화라고 할 수 있다. 이창훈 님은 '栩栩胡蝶衣'라 하였다. 훨훨 나는 호접, 그 문양의 절대미를 노래하였다. 物의 선악, 진위, 미추 등을 초월한 자연 그대로의 모습에서 아름다움과 진리를 찾고자 하였다.

발문

매화 향기가 산하를 깨우듯

박몽구 (시인)

꽃샘추위를 딛고 남녘 산하에 핀 매화 향기가 천리 넘어 번지고 있는 초봄이다. 잔설을 헤치고 해맑은 얼굴을 드러낸 매화를 보니, 외우(畏友) 이창훈 선생 생각이 간절하다. 그가 노장(老莊) 사상 등 인간의 본질을 탐구하는 공부를 면면히 하면서, 장성군 진원면 상림마을 산자락에 매화 농장을 일궈 보내준 매실의 향긋한 냄새가 풍기는 듯하다. 그가 우리 곁을 떠난 지 어느덧 8년이 지났는데도 여전히 함께인 듯하다.

이창훈 선생과는 광주일고 동창으로, 1970년대 말 등

단 무렵을 전후하여 몇 년 동안을 형제처럼 함께 견딘 사이이다. 사는 곳이 송정리(현재의 광주광역시 광산구)라는 공통점도 있었지만, 함께 바르게 사는 법을 고민하고 시와 예술을 논할 만한 괄목상대였기 때문이다. 당시는 시작에 몰두하고 있었고, 그는 전남대 사범대학에서 물리학을 공부하고 있었음에도 불구하고 니체의 철학에 심취하여 세속적인 출세보다는 '초인(超人) 정신'의 실천을 통해 참인간에 이르는 공부에 매진하고 있었다. 나는 당시 나를 사로잡고 있던 독일의 사회운동가 겸 사상가 시몬느 베이유에 대해 소개하며, 세속을 넘어 이타행의 정신이 중요하다는 대화로 밤을 지샌 적이 많았다.

그런 그는 내게 가난 등의 벽을 넘어 시작에 전념하라고 권유했고, 집으로 돌아가기 어려운 때에는 며칠이고 함께 그의 우거에 기거하면서 시를 쓰곤 했다. 실제로 1977년 월간 《대화》지를 통해 발표된 나의 등단작 「영산강」, 「뿌리 내리기」 등의 작품은 외우 이창훈이 최초의 독자이자 비평가였다. 그와 함께 지내던 중에 투고하여 당선 통지를 받았다.

그 뒤 그는 군대에 가있는 동안, 나는 새 마음으로 다시 대학에 진학하고 5 · 18 광주민중항쟁에 참여했다가

잠행하는 등으로 상당 기간 떨어져 있었다. 하지만 그가 교직에 몸담고 있는 동안을 비롯 꾸준히 서로 안부를 주고받고 관심사를 교환해 왔다.

돌아보면 그는 어려운 집안의 장자로서 가족을 성실하게 돌보면서도, 세속의 틀에 매이기보다 늘 참인간을 찾아 끝없는 사상의 편력을 거듭했던 것 같다. 때로는 니체의 '초인 사상'에 심취하였고, 사르트르의 『존재와 무』를 접하면서, 실존사상을 통해 삶의 궁극적 의미를 찾고자 애썼다. 교직에 진출하여서도 제자들에게 물리학 등의 과목을 강의하는 틈틈이 탈세속의 정신을 역설하여 많은 흠모를 받았다고 들었다.

그런 외우 이창훈이 노장의 허무주의를 넘어 도달한 것이 아마도 공자의 '예(禮) 사상'이 아닌가 한다. 탈세속의 정신은 변함이 없으면서도 동양적인 정의의 실천으로 관심이 옮겨갔고, 그와 함께 형이상학으로 시종하는 것을 넘어 자연 사랑과 노동으로 삶에 뿌리를 내리고자 했다. 그 같은 생각에서 그는 교직에 진출한 지 얼마 되지 않아 시골에 얼마간의 땅을 마련하여 감농사를 짓거나 매실 농사를 짓기도 했다. 그는 14년 동안 몸담았던 교직을 그만두고 결국 사서삼경 등 한문 공부에 매진하였다. 마흔의 나이에 교단을 떠나 광주 무등산 증심사에서 근대 유학의 대가 송담 이백순 선생을 만나 한문 공부를 하면서 동양 고전을 섭렵하게 된다. 이를 바탕으로 2005년부터는 조선대에서 한문 강의를 하면서 한층 학문의 깊이를 더하던 차에, 뜻하지 않는 중병을 만나 타계하게 되었다. 삶의 온갖 어려움을 무릅쓰고 이만큼 진리 탐구에 매진한 사람이었는데, 채 그의 사상이 큰 열매를 맺기 전에 멈추어야 했으니 참으로 애석한 일이다.

이번에 외우 이창훈 선생의 8주기에 즈음하여 동료와 제자들을 중심으로 유고 시집을 엮게 되었다. 뒤늦은 감이 있지만 참으로 고마운 일이며, 이를 통해 남은 사람들이 그가 걸어온 길을 되새기는 기회가 됨은 물론 그의 실천적인 삶과 심오한 철학이 널리 알려지는 계기가 되기 바란다.

이번 시집에 수록될 시들을 읽으면서 새삼 이창훈 선생의 탈세속의 정신과 함께 애민 사상을 절절한 느낌으로 만나게 된다. 그는 작은 세상사에 집착하지 않고 온몸으로 진리를 탐구하는 모습을 실감 있게 보여주고 있다.

不二

生死非兩道
有無亦相生
本是二而一
一而萬從生

둘이 아님
삶과 죽음은 두 갈래 길이 아니요
있고 없음도 서로 생한다.
본래 이것은 둘이면서 하나인데
하나에서 만이 좇아 나온다.

위의 시는 아마도 그가 중병 진단을 받고 쓴 것으로 보인다. 한학과 동양사상에 심취하여 10년의 공부 끝에 대학에서 후학들을 도야하던 사람에게 닥친 중병 선고는 실로 청천벽력 같은 사태였을 것이다. 그럼에도 그는 사사로운 욕심에 흔들리지 않고 탈세속의 정신을 삶 속에서 실천하던 모습을 보인다. 즉, '삶과 죽음은 두 갈래 길이 아니요/ 있고 없음도 서로 생한다'는 구절을 통하여 죽음의 위협에 굴하지 않고 의연하게 서 있는 풍모를 엿보게 한다. 그는 '본래 이것은 둘이면서 하나인데/ 하나에서 만이 좇아 나온다'라고 결구함으로써 작은 것에 집착하는 세속의 삶을 경계하고 있다.

祈禱

天乎猥祈願
恒守且道我
而成所以生
爾業乃用我

기도
하늘이시여 외람되이 기원합니다.
항상 저를 지키고 이끌어 주시어
태어난 목적을 이루게 하사
당신의 일에 저를 써 주소서.

위에 든 시에서는 삶의 위기에 접하여서도 굴하지 않고 순명하는 달관의 자세를 읽을 수 있다. 즉, '하늘이시여 외람되이 기원합니다./ 항상 저를 지키고 이끌어 주시'라는 구절을 통하여 사람의 길이 개인의 사리사욕이 아니라 '하늘의 뜻'이라는 사유를 펼치고 있다. 또 뒷부분에서 '태어난 목적을 이루게 하사/ 당신의 일에 저를 써 주소서'라고 말함으로써 그가 남긴 삶의 흔적 모두가 그 같은 하늘의 뜻을 이루기 위한 것이라는 점을 힘주어 말하고 있다.

절명을 앞둔 길지 않는 시간에 창작된 이 같은 시들을 통하여 이창훈 선생은 하늘의 뜻에 대한 순명과 함께, 진리를 추구하는 삶은 죽음을 넘어 지속된다는 사유를 깊게 하고 있는 것으로 보인다. 구차하지 않는 가운데 그가 걸어온 길을 묵묵히 감으로써 진리를 향한 전진을 지속하는 모습이 생생히 그려진 시집이다.

그 같은 정신은 오늘 그의 8주기에 즈음하여서, 지인들과 후학, 제자들이 한결같이 그를 흠모하고 그리워하는 것만으로도 충분히 증명되고도 남는다. 아무쪼록 이번 시집의 출간을 계기로 그가 남긴 사유와 모색의 기록들이 새롭게 정리되어 출간되는 계기가 되기 바란다. 아울러 그 같은 일련의 작업을 통해 그의 삶과 사상이 세상에 널리 알려지고, 세속을 넘어 진리를 추구하는 이들이 더욱 많아지기를 바란다.

봄풀이 만리에 푸르다

제 1판 1쇄 인쇄 | 2016. 3. 30
제 1판 1쇄 발행 | 2016. 4. 5

지은이 | 이창훈
펴낸이 | 우지형
그 림 | 이선복
진 행 | 곽동언

인 쇄 | 하정문화사
재 본 | 동호문화

펴낸곳 | 나무한그루
주소 | 서울시 마포구 독막로 10, 성지빌딩 713호
전화 | (02)333-9028 팩스 | (02)333-9038
E-mail | namuhanguru@empal.com
출판등록 제313-2004-000156호

ISBN 978-89-91824-52-2 03810
값 12,000원

이 도서의 국립중앙도서관 출판예정도서목록(CIP)은
서지정보유통지원시스템 홈페이지(http://seoji.nl.go.kr)와
국가자료공동목록시스템(http://www.nl.go.kr/kolisnet)에서 이용하실 수 있습니다.
(CIP제어번호: CIP2016007408)